AF438786

23. Os d'éléphans trouvés dans le Nord.
24. Ossemens fossiles, principalement de rhinocéros, d'éléphans et d'hyènes, déterrés au pied des monts Hartz.
25. Epoque de la fleuraison de l'aloës.

MÉTÉORES.

26. Orages, tonnerres, ouragans.
27. Tremblemens de terre.
28. Trombes remarquables.
29. Eboulement d'une montagne.
30. Pluie de pierres.
31. Explication des phénomènes météorologiques.
32. Perfection ajoutée aux paratonnerres.

CHIMIE.

33. Nouvelles recherches sur les acides qui existent dans les végétaux à l'état de saturation par la potasse et la chaux.
34. Décomposition chimique du suc de l'oignon et de la laite des poissons d'eau douce.

OPTIQUE.

35. Machine nommée *Phantasmascope*, pour ajouter aux illusions de l'optique.

semences en grains, que l'on répand ordinairement sur la terre.
61. Culture perfectionnée de la patate en France.

ECONOMIE DOMESTIQUE.

62. Traitement préservatif du charbon des animaux.
63. Moyen de préserver de la mort les bestiaux qui ont mangé trop de trèfle ou de luzerne verte.
64. Comment il est facile de remédier à l'enflure ou à la tympanite des bestiaux.
65. Procédé facile pour empêcher que les poissons ne périssent dans les étangs, par la rigueur du froid.
66. Inoculation de la petite vérole faite aux oiseaux de basse-cour.
67. Moyen de détruire les taupes sans frais, dans les prairies.
68. Procédés pour la destruction des fourmis dans les jardins et dans les maisons.
69. Découverte d'un très-beau sel blanc en Danemarck.
70. Sucre de betteraves.
71. Sirop de raisin qui peut remplacer le sucre.
...dé pour tirer de la carotte blanche, ...p qu...lée au sucre.
...2. Sucre...

LE PRINCE
DE L'ÉTOILE,
OU
LA DESTINÉE
MERVEILLEUSE.

L'allégorie habite un palais de cristal :
Grâces, de mille fleurs ornez son piédestal.

LE PRINCE
DE L'ÉTOILE,
OU
LA DESTINÉE
MERVEILLEUSE;

Histoire qu'on ne croira pas d'abord, mais qu'on finira par croire avec plaisir.

Dédié aux enfans nés et à naître

Le vrai peut quelquefois n'être pas vraisemblable.

PAR MADAME DE ***,
auteur de *la Mère coupable.*

A PARIS,

Chez DEMORAINE, Imprimeur-libr., rue du Petit-Pont, n°. 18.

LE PRINCE
DE L'ÉTOILE,

OU

LA DESTINÉE MERVEILLEUSE.

Mes amis, le jour baisse ; quittez vos occupations sérieuses. Anna, laissez votre dessin ; Auguste, vos calculs ; Olivio, votre thême ; Thérésia, votre broderie ; et vous, mon petit Achile, vos châteaux de cartes. Je suis si satisfaite de vous tous, que, pour vous le prouver, je vais vous conter aujourd'hui un trait d'histoire, dont vous douterez, sans doute, à cause du merveilleux qu'il contient.

Dans le royaume de Cachemire (c'est en Asie), fondé, jadis, par de bons génies et de bonnes fées, se trouvaient toutes les richesses de la terre, réunies avec profusion. Le sol, extraordinairement fertile, semblait n'être qu'une mine d'argent, d'or et de diamans.

Il y avait à Cachemire, capitale du royaume, une femme qui y vivait modestement, par goût, et peut-être aussi par choix.

Je me suis toujours plu, mes chers enfans, à croire que cette femme avait été formée pour devenir le modèle et l'exemple des bons cœurs ; autrement, aurait-elle été aussi favorisée du ciel ? Les bonnes actions peuvent se comparer au parfum des fleurs, qui rend l'air salubre et nous embaume.

Cette femme intéressante se nommait Félicité. Ne dirait-t-on pas qu'en lui donnant ce nom, à l'instant de sa naissance, qu'on avait déjà prévu qu'elle ferait la félicité du monde entier ? Jamais on ne prononçait son nom, sans penser au bonheur, sans éprouver la joie la plus pure.

Un soir d'été, Félicité, de

retour d'une assez longue promenade, un peu fatiguée, s'assied sur un monticule, recouvert d'un jeune gazon touffu et frais. Là serpentait un ruisseau qui, suivant doucement sa pente, et roulant son onde sur de petits cailloux, produisait un murmure enchanteur pour les cœurs tendres. Il semblait dire à ceux qui venaient se reposer dans ce lieu : « Demeurez » près de moi ; je double le » charme de l'existence : je fais » rêver le bonheur ; je l'inspire » aux amans de la belle na- » ture. »

FÉLICITÉ était dans cet âge aimable où l'on se livre volon-

tiers à ses rêveries. Elle se trouvait bien, très-bien, sur son
tertre, et promenait, avec une
sorte de délice, ses regards curieux sur une prairie émaillée
des plus belles couleurs. Par
instant son sein, ému par le
plaisir le plus innocent, soulevait la gaze qui le couvrait ;
et alors un soupir, dont elle
ne cherchait pas à se rendre
compte, lui échappait comme
involontairement. Elle rêvait ;
à quoi ? Je l'ignore ; mais il
est aisé d'imaginer que c'était
au charme attaché à l'amour
qu'elle avait pour son époux,
dont elle était adorée.

Enfin, à force de rêver, ses

yeux s'appesantirent ; et ayant pris une position commode , elle les ferma , et s'endormit tout-à-fait.

Écoutez le récit du songe que les dieux protecteurs lui envoyèrent pendant son sommeil.

FÉLICITÉ rêve que, portée sur un nuage d'azur et transparent, une puissance, toute divine, l'élève jusqu'à elle. Déjà la terre, qu'elle n'a quittée que depuis un instant, ne lui paraît plus qu'un point. Elle parcourt avec la promptitude de l'éclair, et sans aucun effort, sans se donner le moindre mouvement, l'espace qu'offre le plus grand, le plus vaste horison.

Déjà elle laisse , à sa droite , le palais des désirs ; à sa gauche , celui des espérances trompeuses. Le soleil s'offre à elle dans toute sa gloire ; mais sa faible vue ne peut long - temps supporter tant d'éclat : elle est forcée de mettre sa main sur ses yeux , pour en diminuer un peu la splendeur.

Le nuage qui la soutenait , après l'avoir fait monter aussi haut que possible , s'arrête enfin , et se confond avec une autre masse de nuages qui s'ouvre tout-à-coup devant elle.... Que voit Félicité ? un autre olympe , assez semblable à celui où Jupiter assemblait les dieux de la mythologie.

Le roi des génies, porté sur un trône d'or, enrichi de pierreries, présidait un cercle de fées et de génies, ses sujets. Derrière ce premier rang, on voyait d'autres génies, d'autres fées ; mais auprès du monarque, à sa gauche, s'offrait aux regards, assise majestueusement, une beauté resplendissante de gloire et d'attraits. Le monarque et la reine portaient sur leur tête une couronne en forme d'auréole lumineuse, et dans leurs mains, un sceptre d'une seule émeraude. Tous deux sourient gracieusement à

FÉLICITÉ, qui, bien qu'encore non revenue de sa surprise, s'avance jusqu'au pied du trône divin. Là, fléchissant un genou, et baissant la tête, elle témoigne son respect, et écoute.

« Approche, ô fille de la
» terre, lui dit l'Empereur du
» ciel, et la reine des esprits
» aériens ; nous voulons te com-
» bler de bonheur : apprend,
» de notre bouche, qu'un bien-
» fait n'est jamais perdu. Sans
» le savoir, par conséquent sans
» aucun motif d'intérêt, pour
» le seul plaisir de faire le bien,
» tu nous as rendu le plus grand
» des services. Tu vois cette
» jeune fille, fraîche comme la

» fleur du printems, et qui re-
» pose à nos pieds ? Elle est
» notre enfant unique. Il y a
» dix-huit mois, pour compter
» comme tu comptes, qu'elle
» était au tems de ses épreuves.
» Il est de nécessité pour nous,
» qu'avant d'être initiés à la
» science du bien et du mal,
» de passer par toutes les mi-
» sères humaines. Le destin or-
» donne que nous fassions plu-
» sieurs petits voyages sur la
» terre, dans ce pays de tris-
» tesse et d'afflictions ; et là ,
» nous subissons toutes les mé-
» tamorphoses qu'il lui plaît de
» nous faire subir. Ces voyages
» sur la terre ont pour but, de

» nous apprendre à connaître
» les hommes. Ils sont, en gé-
» néral, bien plus méchans que
» bons.

» Un jour d'épreuve dan-
» gereuse, RECONNAISSANTE,
» c'est le nom de ma fille,
» tombe, sous la forme d'une
» jolie petite chienne maltaise,
» entre les mains d'écoliers ; les
» écoliers sont cruels. Ils veu-
» lent la faire périr ; tu pris pi-
» tié de sa détresse : tes pleurs
» coulèrent, et tu donnas tout
» ce que tu possédais sur toi,
» afin de la ravir à ses barbares
» persécuteurs. Tu sauvas ma
» fille, et tu l'emmenas avec
» toi.

» Maintenant ma fille est ad-
» mise à la puissance des esprits
» supérieurs, et n'a plus de
» dangers à courir sur la terre,
» puisque le tems de ses épreu-
» ves est passé.

» Dis-nous donc aujourd'hui
» quel est le souhait le plus ar-
» dent que forme ton cœur ?
» Tel qu'il puisse être, nous
» sommes disposés à combler
» tes désirs ; parle. Moi, mon
» épouse, ma fille, et ma cour
» entière, nous voulons t'en-
» richir de nos plus désirables
» bienfaits. »

— Esprit de lumière, repart
FÉLICITÉ en se prosternant ;
vous m'accablez de vos bontés :

mais puisque vous voulez bien
m'accorder l'insigne faveur de
vous demander une grace !....
— Tout ce que tu peux souhai-
ter , s'écrie le cercle des divinités célestes. — Eh bien ! ajoute
la fille de la terre : depuis deux
ans je suis mariée , et j'ai la
douleur de n'avoir pas d'enfant ; je voudrais....

A peine Félicité a-t-elle
fait connaître son vœu , qu'un
murmure de voix lui répond :
« Cesse tes regrets ; tu auras, à
» l'avenir, des enfans ; chacun
» d'eux jouira , par notre bon
» vouloir , d'un don particu-
» lier. A l'un sera départie la
» bonté ; l'esprit deviendra le

» partage d'un autre : à celle-là
» nous donnerons la beauté, les
» graces ; à tous, la générosité.
» Un, surtout, ton second fils,
» sera un vrai prodige : il sera
» à lui seul les sept merveilles
» du monde, et fera ce qu'à nul
» mortel encore on n'a vu faire.
» Il étonnera et son siècle et
» tous les siècles à venir. Je ne
» te cache point que, pour par-
» venir à ce haut faîte de gloi-
» re, il lui faudra mettre à fin
» d'immortels travaux. D'abord,
» détruire un hydre épouvan-
» table, et dont chaque tête sera
» animée et conduite par un
» vice particulier.

» Un jour, un très-superbe

» royaume , auquel nous nous
» intéresserons par la suite, sera
» envahi par des monstres, tels
» qu'il n'en aura jamais paru.
» Pour me mettre à ta portée,
» et t'en donner une idée bien
» faible , songe aux serpens ,
» aux scorpions , aux aspics ,
» aux lions , aux tigres , aux
» panthères , aux hyènes , tous
» animaux cruels et féroces ,
» etc. etc. Il faudra , dis-je , que
» ton fils mette tous ces mons-
» tres au néant , qu'il repeuple
» ce beau royaume , et qu'il le
» gouverne avec sagesse. Il doit
» aussi parcourir tous les mon-
» des, et donner des lois par-
» tout : nous voulons que de

» tous les mortels il soit le plus
» grand ; nous voulons que, sur
» la terre, sa toute-puissance
» soit sans bornes ; nous vou-
» lons......»

— Divinités du ciel, vous en
faites trop pour une simple
mortelle, pour l'heureuse fille
des hommes ! Mais, pour gou-
verner ce beau royaume, il en
sera donc le souverain ?

— « Il sera roi des rois ; il
» commandera à tous les mo-
» narques. Comme un torrent
» rapide, le plus cher de tes
» fils renversera les trônes, ou
» bien en établira d'autres. » —
Et moi, ne serai-je pas reine
aussi. — « Ce n'est pas sur le

» trône que s'assied l'inaltérable
» FÉLICITÉ ; il est entouré de
» trop de soucis, de trop de
» chagrins. Plus heureuse que
» de porter un diadême, tu
» présideras particulièrement
» au BONHEUR, emploi déli-
» cieux que, jusqu'ici, nous
» nous étions réservé. Quand
» ton fils aura ceint la cou-
» ronne, tu lui remettras cet
» emploi, afin qu'à son tour il
» répande le bonheur sur les
» humains qui s'en montreront
» dignes. Que d'avance tes en-
» trailles se réjouissent ! Ap-
» prend ta merveilleuse desti-
» née : tu seras la tige de prin-
» ces, de princesses, de reines,

» et du Héros, Roi des rois ».—

Quel beau et superbe rêve, ma tante ! — Pour moi, si je rêvais ainsi, dit Thérésia, en interrompant sa sœur et ses frères, je voudrais ne jamais me réveiller.

— Vous n'y êtes pas, mes enfans ; je suis loin de vous avoir tout raconté. Je continue.

« — O mère digne de toute
» ma protection, dit à son tour
» la reine de l'air ; écoute : le
» jour où tu donneras la vie à
» ton fils bien-aimé, tu éprou-
» veras une joie si vive, si in-
» dicible, que par inspiration
» céleste tu feras le serment de
» ne plus t'occuper que du

» bonheur des mères : ainsi,
» sans sceptre, tu régneras pour-
» tant ; car tu régneras dans les
» cœurs des mères infortunées,
» qui te béniront à jamais, non
» moins que ton immense pos-
» térité royale, dont tu seras
» l'amour toute ta vie, et même
» après le moment où nous te
» rappellerons auprès de nous,
» pour te faire jouir du prix de
» tes douces vertus. Et quoi-
» qu'habitante des demeures cé-
» lestes, tu pourras, à ton gré,
» te faire voir sur la terre qui
» honorera ta mémoire, et ne
» cessera d'invoquer Félicité
» pour eux et leurs enfans.

» Approche ; je vais humec-

» ter tes lèvres de cette liqueur
» qui n'est connue que des es-
» prits de l'air : elle communi-
» quera à ta bouche l'heureux
» avantage de ne prononcer ja-
» mais que des paroles de paix
» et de consolation. — Et moi,
» maman, interrompt avec gra-
» ce la fée RECONNAISSANTE,
» permettez que je me joigne à
» vous, pour faire aussi mon
» présent à cette mortelle. Que
» ce bouquet, composé des plus
» belles fleurs, devienne l'em-
» blême de celles qui, désor-
» mais, naîtront sous ses pas. »

A peine RECONNAISSANTE a
cessé de parler, qu'approchant
le magnifique bouquet du sein

de sa protégée, il se répand dans l'air une odeur divine. La vapeur des pavots somnifères répandue sur FÉLICITÉ, se dissipe à l'instant ; à l'instant elle se réveille.

O réveil fâcheux pour la fille de la terre ! L'olympe a disparu, ainsi que les immortelles ; tout ce qu'elle a vu, tout ce qu'elle a entendu, s'est évanoui comme un véritable songe ; il n'en reste plus rien. Hélas ! se dit-elle, en soupirant, comment ! je n'aurais fait qu'un rêve flatteur ! Et tout ce qui m'a été annoncé pour un avenir prochain, les plus pures jouissances, la fortune la plus inespé-

rée , mes grandeurs inouïes
ne seront donc que des chi—
mères !.....

Bientôt Félicité tombe dans
une autre extase , et son âme
toute entière se livre à mille
transports ravissans , lorsqu'elle
aperçoit, tout près d'elle , le
même superbe bouquet qu'elle
a vu dans son sommeil. Se bais—
ser, le ramasser, en respirer le
parfum , ne fut presque qu'un
même mouvement. Du moins ,
se dit Félicité en souriant ,
mon rêve n'est pas tout-à-fait
mensonge ; et si j'ai rêvé le
bonheur, je n'ai pas tout perdu,
puisqu'il me reste le plaisir.
Charmant bouquet , puisses-tu

vraiment me venir d'une bonne fée !

Peu de tems après, FÉLICITÉ soupçonne qu'elle n'a pas fait qu'un songe. Il a bien quelque chose de réel. Elle juge qu'elle va devenir mère. Bientôt elle n'en peut plus douter : sa joie est au comble. Enfin, la naissance d'un fils lui fait connaître les douceurs, tous les charmes attachés à la maternité.

Un an après, même événement, et plus heureux encore. Aucune indisposition n'en troubla le cours, et même sa santé est plus florissante. Avec un plaisir secret, elle avait, dans cette grossesse, éprouvé de dé-

licieuses extases, dont elle tirait
un bon pronostic. A son quatrième mois, elle sentit des
mouvemens si forts, si vifs, si
répétés, que sa famille, réunie
autour d'elle, lui disait : Mais
vous aurez un garçon, un véritable lutin, un petit diable-à-
quatre, qui retournera l'univers. Encore dans son quatrième
mois, on aperçut sur son sein
gauche, un signe bien singulier : c'était une Étoile couleur
argent mat. D'abord, elle ne
se montre que de la grandeur
d'une lentille ; puis elle aug-
menta, et disparut à la naissance de l'enfant, qui naquit
avec cette étoile au même en-
droit

droit où l'avait eu sa mère ; ce qui le fit nommer le chevalier de L'ÉTOILE.

J'ai oublié de fixer l'époque où vint au monde cet enfant miraculeux. Je vais réparer mon oubli.

Il faisait une chaleur extrê-me, sans que FÉLICITÉ en souf-frît. On était au quinze d'Au-guste, et le soleil à son zénith. Il avait quitté le signe du lion, et entrait dans celui de la vier-ge. J'ai encore oublié de dire qu'une heure avant que FÉLI-CITÉ accouchât , un nouveau prodige se manifesta à ses yeux. Elle réfléchissait au sort de l'en-fant qu'elle portait; elle fut soudain tirée de ses réflexions, par un bruit prodigieux : c'était le plus grand des Aigles connus. Il venait de s'introduire dans l'appartement par une croisée ouverte. Il vole sept fois autour de la chambre, et dépose bien doucement sur le lit de FÉLI- CITÉ, un berceau extrêmement léger et joli, couronné de lauriers, de myrtes et d'immortelles. L'oiseau, après s'être acquitté de son message, reprit la route de l'Olympe.

Les matrones consultées sur tant d'évènemens extraordinaires, ne purent jamais expliquer ce qu'ils annonçaient.

Les fées elles-mêmes et les

génies supérieurs s'étaient invi-
tés aux couches de leur protégée.
Son nom, d'heureux augure,
annonçait déjà à FÉLICITÉ, et
sans en pouvoir douter, les hau-
tes destinées de son fils.

— Ah ! dit la mère, fut-il
jamais un aussi gentil enfant, le
considérant avec la plus tendre
sollicitude ? mais que j'appré-
hende de ne pouvoir l'élever !
— Ne crains point, répond à la
fois la foule des génies et des
fées, accourus de toutes les ré-
gions de l'air, pour assister aux
couches de FÉLCITÉ ; nous te
le conserverons précieusement.
Contemple ton fils que nous ché-
rissons avec une extrême ten-

dresse : sa tête est de diamant, son corps d'acier ; ses bras sont de fer, ses pieds de bronze ; son cœur est d'or.

— Ah ! par exemple, ma tante, voilà un bien singulier enfant, avec sa tête de diamant, son corps d'acier....

— Mais c'est au figuré, mes bons amis : jamais les fées ne s'expliquaient autrement. Les esprits du ciel entendaient donc, par une tête de diamant, une tête forte, à l'épreuve de tous les revers, une tête impénétrable dans ses vastes desseins ; une tête qui ne devait rien concevoir, rien enfanter que de beau et de grand ; par son corps d'acier, il

faut comprendre une force in-
fatigable , un corps à l'abri des
maladies et des méchans ; par
ses bras de fer , les fées dési-
gnaient des bras qui devaient
tout terrasser , et enchaîner la
victoire ; ses pieds de bronze annonçaient les pas assurés qu'il
ferait un jour dans le chemin de
la gloire ; son cœur d'or voulait
dire qu'il serait incorruptible ,
bienfaisant , généreux , ami des
lois et législateur sublime , et
non moins humain.

Eh bien ! comprenez-vous à
présent ? — A merveille , ma
tante. — Suivez-moi.

Le roi des génies approche
du nouveau - né , sépare son

foudre, et remet l'une des deux moitiés dans les petites mains de l'enfant. Je te doue, lui dit-il, d'un esprit supérieur et d'une puissance sans bornes. — A mon tour, dit majestueusement la reine son épouse, je te doue de ma noble fierté ; commande sur la terre aux quatre parties du monde. Et à l'instant même, elle lui pose sur la tête un casque surmonté d'un coq. Enfant, ajoute la reine, je te doue de sa vigilance, de tout son courage. Reçois encore cette épée ; elle est invincible.

— Je veux aussi avoir mon tour, dit une fée charmante. Je place sur ses lèvres purpurines

le sourire enchanteur , et......
Une fée , son ancienne , s'approche du berceau. Celle-ci a
les cheveux épars , le feu dans
les yeux , et tient dans sa main
une verge teinte de sang. Le son
de sa voix est dur et déplaît dans
une femme. – Je veux , dit-elle ,
suivre mon frère. Des prodiges
sont réservés à notre favori :
n'amolissez point sa grande
ame. DESTIN , ajoute-t-elle ,
quel don faites-vous à notre enfant ? — Je lui serai favorable
en tout ce qu'il entreprendra ,
qu'il fasse la guerre , la paix ou
l'amour. Cependant, je mets un
prix à mes faveurs ; c'est que le
chevalier de L'ÉTOILE ne se

livre à tous les charmes de la fée
TENDRESSE, qu'au moment où
je remettrai dans sa main victo-
rieuse la main d'une vierge com-
blée de vertus et de graces. Je
lui destine pour épouse la princesse EMIRA. Telle est ma vo-
lonté immuable, irrévocable, à
laquelle rien ne peut s'opposer.
Le DESTIN, avant de se retirer,
mit son grand livre sous les yeux
de l'accouchée, pour lui faire
parcourir rapidement quelques-
uns des feuillets d'or où sont
écrits plusieurs faits intéressans
sur l'avenir de l'incomparable
chevalier de L'ÉTOILE.

La surprise de FÉLICITÉ al-
lait toujours en croissant : elle

ne pouvait se rassasier de la lec-
ture du divin livre. Cependant,
comme elle ne comprenait pas
tout ce qu'elle y lisait, elle de-
sire faire expliquer le DESTIN
sur plus d'un article qui lui paraissait un peu embrouillé. Lis
LES TABLETTES MYSTÉRIEU-
SES (1), tu y verras comment
ton fils s'assiéra sur le trône du
plus bel Empire du monde. Il
dit, et s'éloigne.

Au DESTIN succèdent le génie des richesses, et celui du savoir ; puis un grouppe d'esprits célestes. Ils veulent à l'envi

____

(1) Tablettes mystérieuses, ou le
petit Lavater, 3me. année, an 10,
à la même adresse de cet ouvrage.

douer aussi l'enfant. Dans le nombre on remarque Leuviah. Ce bon génie règne sur l'air ; il préside aux mariages heureux, favorise la population. Il gouverne le second rayon céleste, allant de l'orient au septentrion.

La cérémonie des dons achevée, la troupe favorable prit congé de Félicité, pour retourner à son séjour ordinaire, c'est-à-dire vers le ciel. Tant que dura la surprenante ascension des bons génies et des fées vers la voûte azurée, Félicité entendit un concert d'une mélodie délicieuse ; telle enfin, qu'elle crut, pour un moment, être devenue une immortelle.

Félicité pourtant n'est encore qu'une femme semblable à beaucoup d'autres. Successivement elle enrichit son époux, qu'elle chérissait chaque jour davantage, de huit enfans; nombre prédit par les parrain et marraine du chevalier de l'Étoile. Excellente mère, elle élève parfaitement sa nombreuse famille, et la voit croître sous ses yeux, en talens, en attraits, en graces, en vertus.

Le chevalier de l'Étoile avait déjà treize ans; il grandissait peu, se fortifiait peu, mais il n'en était pas moins le plus vif de sa famille; se faisant remarquer par mille traits ingénieux,

et qu'on recueillait ; par une tur-
bulence aimable , une incroya-
ble agilité : ses veines ne semblaient contenir que du vif-ar-
gent : de ses yeux d'aigle , il
semblait sortir des étincelles ; il
ne pouvait demeurer en place :
sa vie paraissait tenir à une per-
pétuelle agitation.

Ayant remarqué dans cet enfant les plus heureuses disposi-
tions à tout savoir , on le mit
dans une École militaire ; car
déjà il annonçait un génie guer-
rier ; c'était un vrai lutin , et
pourtant , studieux. Il sentait
qu'on ne se distingue des autres
hommes que par de grandes
connaissances acquises. Les plaisirs

sirs les plus de son goût, étaient
de faire de ses camarades, des
soldats; on le voyait former des
bataillons, des compagnies : il
donnait des grades, et savait se
faire obéir. Son ascendant était
extrême sur ses compagnons.
Ceux qu'il avançait étaient toujours ceux en qui il reconnais-
sait le plus d'instruction et de
bravoure. Quelquefois, sépa-
rant son armée en deux bandes
inégales pour le nombre, il se
donnait le commandement de
la plus faible, afin d'avoir l'in-
discible plaisir de vaincre les dif-
ficultés. D'autres fois, il faisait
des sorties terribles et inatten-
dues, ou bien, on le voyait

marcher tambour battant, avec une , deux , ou trois compagnies , et monter à une palissade assez haute du jardin qu'il prenait d'assaut.

—Achille , laisse donc là ton bruyant tambour ; tu nous empêche d'entendre ma tante.

— C'est vrai; je prenais le chevalier de L'ÉTOILE pour mon général , et je me croyais sous son commandement; mais s'il plaît à ma tante de continuer, je promets de ne plus faire de bruit.

— Malgré le dire des génies protecteurs et des fées bienfaisantes, la fortune de FÉLICITÉ ne s'améliorait pas; au contraire,

des méchans ayant détruit la
pension où on élevait son fils,
elle fut obligée de le reprendre
chez elle. Elle était déjà sur-
chargée d'une famille si nombreuse !...

Bientôt Félicité eut à souf-
frir de plus grands maux. Son
pays fut dévoré par le barbare
fléau de la famine, et par des
guerres entre citoyens. Ce fut
alors qu'elle sentit avec toutes
les mères de ce tems-là, re-
doubler ses sollicitudes mater-
nelles, et ses vives inquiétudes
pour son propre avenir.

Mais je m'arrête, mes amis.
J'allais vous peindre un siècle
épouvantable, vous faire voir

plus de six cent mille monstres , aux entrailles toujours
affamées , toujours altérées ,
les gueules toujours ouvertes ,
n'ayant d'autre volupté que de
dévorer les peuples , que de se
dévorer eux – mêmes. J'allais
vous faire traverser des mers
de sang...... Vous frissonnez ,
mes chers petits amis ; ah ! je
frémis moi-même ! Je me tairai;
je ne flétrirai pas votre jeune
imagination , ni vos cœurs inno-
cens , par des récits inutiles et
hors de votre portée. Aussi bien
le tems , ce grand maître , ce
doux consolateur de nos peines
les plus cuisantes , et les bienfaits du chevalier de L'ÉTOILE ,

ont jetté sur ce hideux tableau un voile qui en cache toutes les horreurs. Faisons mieux, invoquez avec moi l'aimable Discrétion (c'est la divinité du silence), afin qu'elle vous dérobe toujours les affreux secrets du passé.

Ce qu'il vous importe de savoir, c'est que dans ces tems reculés, tout-à-coup la réputation du chevalier de l'Étoile s'étendit si prodigieusement, qu'on ne parlait plus, d'un pôle à l'autre, que de ses faits glorieux. Sa main de fer était armée du foudre de son bon génie : partout où se rencontraient des monstres, géants, énormes reptiles venimeux , le chevalier les combattait , les étouffait , ou les écrasait. Ainsi, il sut affranchir son pays des plus grands fléaux. Il sut mieux faire; il sauva, il délivra le plus cé- lèbre des états, qui gémissait sous la puissance et l'oppres- sion des esprits de l'enfer. A l'unanimité il fut proclamé par tout le royaume, devenu libre par lui , son souverain , son bienfaiteur , son restaurateur , son législateur. Effectivement , il donna deux nouveaux codes de lois; il excita les talens, en- couragea les arts, fit bâtir des ponts, creuser des canaux, éle-

ver de superbes édifices ; il re-
bàtit presque sa capitale.

Vous répéterai-je que par la
force de ses armes, toujours vic-
torieuses , il étonnait l'univers.
Les rois , comme par un magique effet de son pouvoir , re-
tenus immobiles sur leurs trônes , le regardaient voler de
triomphes en triomphes , et re-
cevaient ses ordres avec sou-
mission. Il en fit tant et tant ,
qu'il dépassa de beaucoup, mais
de beaucoup , ce que les bons
génies avaient prophétisé à sa
mère , au moment de sa naissance. Toutes ses actions , mes
enfans , ne semblaient plus que
des miracles !....

Oh! pour cette fois, je m'arrête encore ici, non pour vous
cacher ses prodiges ; la Renom-
mée aux cent bouches , s'est
chargée de les apprendre à l'univers ; mais parce que ma voix
n'est ni assez forte, ni assez son-
nore pour les redire ; mais parce que ma mémoire en omet-
trait plusieurs malgré moi. Et
quel burin assez ferme, et sans
s'user, graverait de si innombra-
brables et de si belles choses ?

Je laisse donc mon héros faisant la guerre, faisant la paix ;
donnant des lois au monde. Aussi
bien, en ma qualité de femme,
je n'aime point les combats, et
pourtant j'aime les lauriers. Je

passe tout de suite aux jours de la vie du plus héroïque des chevaliers, jours où son peuple et lui furent heureux.

Après avoir signé un traité de paix inaltérable avec l'un des plus puissans rois de la terre, pour prix de ses incalculables victoires, le prince de L'ÉTOILE obtint la main de la charmante Princesse EMIRA. Le monarque ami, en lui faisant présent de sa fille chérie, ne crut pas devoir borner là sa munificence : il lui fit encore le don de la plus belle, de la plus désirable des dots ; un champ fertile d'une immense étendue, où l'on ne cultivait que de superbes OLIVIERS.

Le prince sut tellement, dit l'histoire, apprécier ce présent sans pareil, ce présent si aimable, que de toutes les conquêtes que jusqu'alors il avait faites, ce fut celle qui fut la plus chère, la plus délicieuse à son cœur.

Presqu'arrivé au faîte du bonheur, le prince ne voit, n'est plus occupé que de l'espérance enivrante qui va pour lui se réaliser complétement.

Vous souvient-il, mes enfans, qu'à la naissance du héros, une fée, la fée TENDRESSE, accourut de son royaume, pour douer, comme les autres, le nouveauné, et qu'elle en fut empêchée en grande partie par ses sœurs ?

Elle n'avait pas cessé de vouloir
du bien au prince de l'Étoile;
mais le moment n'était pas encore venu de réaliser son vœu :
elle fut obligée de l'attendre ce
moment si lent à venir à son gré,
et marqué par le destin. Enfin,
maîtresse de suivre son pen-
chant, elle arrive à la cour du
monarque des monarques. Après
lui avoir donné un baiser sur le
front, elle offre tout-à-coup à
ses regards une miniature, chef-
d'œuvre de l'art, entourée de
magnifiques brillans. Ce portrait
était celui parfaitement ressem-
blant de la princesse à laquelle
bientôt il devait unir sa miracu-
leuse destinée.

L'auteur, à qui nous devons la Destinée merveilleuse, ajoute que ce fut seulement à cette heure, que le cœur du prince de l'Étoile s'ouvrit pour jamais à une éternité d'amour. Pour quelque tems il perd le sommeil, le repos. Le jour, la nuit, partout il ne pense, ne voit, ne rêve, n'entend que la princesse Emira. Depuis le baiser qu'il a reçu de la fée Tendresse, le monarque est tout amour. Les seuls momens qu'il dérobe à Tendresse sont ceux dont a besoin son empire ; car le bonheur de ses sujets est absolument nécessaire et lié au sien. Il voit déjà dans sa pensée Emira comme un présent céleste qui comblera son peuple de toutes les félicités.

Je vous surprendrai bien, mes enfans, quand je vous apprendrai que le prince de L'ÉTOILE, ami des camps, avait négligé, jusqu'alors, tout ce qu'on appelle art de la galanterie ; mais depuis qu'il aime la belle EMIRA (que dis-je ? déjà il l'adorait), il n'y a rien qu'il n'imagine pour être aimable et lui plaire. Bien qu'à trois cents lieues de lui, elle recevait tous les jours un bouquet et des présens, dignes d'elle, et du premier souverain du monde.

Pour les apprêts de ses noces

avec Emira, le prince de l'É-
toile ouvre tous ses trésors. Son
ame généreuse les prodigue aux
arts, à l'industrie, aux talens. Il
ne craint point de voir s'épuiser
ses richesses; elles sont infinies.....
Mais au lieu de vous décrire les
fêtes de son hymen, fêtes qui
surpassent pour la magnificence
et le goût, tout ce que l'imagination peut créer et créera jamais; je vous dirai tout simple-
ment qu'il est marié.

— Ah! ma tante, s'écrie avec
vivacité le petit auditoire; ma
tante ! dites-nous tout ce que
votre mémoire vous en rappel-
lera: cela doit être si beau ! tenez,
nous en serons si reconnaissans ,

que nous vous promettons d'être
sages..... jusqu'à notre majorité,
et si nous pouvons, encore par-
delà.

— Allons, je vais faire tous
mes efforts pour vous contenter.
Je vous préviens pourtant que
mon récit , quelque richesse
d'expression que j'y mette, ne
sera qu'une bien faible esquisse
de la réalité. Cela surpasse tout
ce que vous avez lu dans les brillantes fictions de Pérault , de
d'Aunois, des Mille et une Nuits,
et généralement de tous les con-
teurs. Rappelez-vous les bals ,
les tournois, les carousels qu'un
jeune prince, des plus galans ,
donna à l'aimable Cendrillon ;

rappelez - vous les noces plus
magnifiques de Zémire et Azor;
celles bien plus brillantes, plus
surprenantes de Riquet à la
houppe ; les plaisirs tout-à-fait
extraordinaires que l'on inventa
pour apprendre à la Belle aux
Bois dormant, combien la joie
était grande de ce qu'elle n'avait
dormi que cent ans. Les char-
mans contes de l'Oiseau bleu,
de Plus belle que Fée, de l'Oran-
ger et de l'Abeille, de Finette-
Cendron, et le conte du beau
Percinet pourront à peine vous
donner une très-faible idée de
ce que l'on vit de beau, de rare,
d'étonnant, de magique, de vraiment merveilleux dans cet évé-

nement si mémorable , du mariage du prince de L'Étoile
avec la princesse Emira.

Pour annoncer ce grand jour,
que l'on n'oubliera jamais , même
aux tems les plus reculés , vingt
mille amours sonnèrent dans
des trompettes d'or , enrichies
de rubis : à l'instant même ac-
coururent, de tous les points du
ciel, les génies de tous les beaux-
arts; des poëtes-musiciens, vrais
troubadours, dignes d'être ainsi
nommés ; des modistes , tous
d'une habilité surprenante; enfin
tous parfaits dans leur genre , et
qui pouvaient contribuer aux
délices de la plus belle des fêtes ,

se trouvèrent rassemblés comme par enchantement.

Il arriva à l'avance, et de vingt royaumes différens , des rois , des reines, des princes, des princesses et des chevaliers. Il arriva des milliers de fées et de génies puissans , pour préparer ce jour auguste et solennel. Vous sentez bien , mes enfans, que sans ce concours de souverains, d'enchanteurs et d'enchanteresses , les choses n'auraient point eu un tel éclat , ni tant d'agrémens.

Un prince , au nom de son souverain, fait la demande de la princesse EMIRA. Son père , qui l'adore , se résoud pourtant à s'en séparer. Elle quitte sa cour;

elle est en route : partout elle re-
çoit les plus affectueux hommages et des grands et des peuples ;
partout sur son passage sont
dressés des arcs de triomphe ; sa
route est signalée par des bienfaits et des graces, et l'air re-
tentit de vive, vive à jamais la
princesse EMIRA, notre souve-
raine ! Enfin elle entre dans sa
capitale aux acclamations de l'a-
mour et du respect. Le lende-
main est marqué pour le jour de
son mariage. Ici, mes enfans,
les expressions me manquent.
Comment peindre le cortège qui
l'accompagne au moment où elle
sort de son palais ? Trente mille
hommes, tant infanterie que ca-
valerie, sont sous les armes.

Quelle superbe armée! elle n'est composée que de héros : pas un d'eux qui n'ait été à vingt batailles plus meurtrières les unes que les autres. Quels guerriers! quelle belle tenue! ils ouvraient la marche et la fermaient; ils accompagnaient cinquante voitures qui avaient été commandées aux plus célèbres artistes de la capitale; on admirait la perfection, le fini de l'ouvrage et des peintures : ce beau fini, cette perfection surpassaient les matières; et toutefois les matières étaient d'or, de platine, d'opale, de Burgos. Mille amours, mille grâces tenaient suspendus sur les panneaux des emblèmes ingénieux et les chiffres entrelacés d'Emira et de son royal époux.

Ces cinquante carosses le cédaient pourtant, et de beaucoup, à celui où étaient le roi et la reine. On avait pu réunir, à grands frais, huit coursiers d'une beauté incomparable : ces huit chevaux, au poil couleur soupe de lait, magnifiquement et avec goût harnachés, par le mouvement noble qu'ils donnaient à leurs têtes, agitaient leurs beaux panaches de la blancheur de cigne. Ils semblaient fiers, superbes, de traîner le plus grand des monarques; les guides étaient en soie bleue, avec des lames d'argent; des brocards d'or, des

velours richement brodés, or-
naient tous les dedans de la voiture.

Eh bien! mes amis, oubliant
bientôt cette magnificence, on
ne s'occupa plus que du roi et de
son épouse. On pouvait à peine
soutenir l'éclat de la parure de
la reine EMIRA, éclat réuni à
celui de ses diamans, choisis
parmi les plus beaux : elle en
était couverte avec profusion,
et pourtant avec tout l'art et tout
le goût possibles.

Sa couronne et son diadême
étaient une vraie merveille, merveille qu'on oubliait bien vîte,
pour ne voir qu'EMIRA ; et puis,
avec des cris d'allégresse, on ré-

pétait : Qu'elle est belle ! qu'elle est belle ! nous reconnaissons EMIRA pour notre reine , pour la reine du monde.

Arrivés à leur palais de ville , les époux descendus de voiture , trouvèrent une immense galerie où plus de mille femmes parées par le luxe et les graces , étaient là, depuis plusieurs heures, pour embellir le triomphe D'EMIRA , impatientes de l'admirer de plus près , et de lui rendre des hommages.

Mais la porte du temple s'ouvre enfin ; la jeune vierge en passe le seuil , et s'arrête en face de la représentation en pied de la fée TENDRESSE : là, elle fait ,

avec amour et pudeur., le ser=
ment d'aimer à jamais son royal
époux, et l'on ne forme aucun
doute qu'elle ne le tienne. Les
cérémonies du mariage ache-
vées, le monarque auguste n'a
rien de plus à cœur que de pré-
senter EMIRA à ses peuples qui
la demandent à grands cris, et
qui ne peuvent se rassasier de
la voir et de l'admirer.

L'heureux couple, passant sur
un balcon superbement décoré
de banderoles et de festons,
placé entre deux orchestres qui
exécutaient les fanfares les plus
gaies, s'offre aux regards d'une
multitude qui souhaite avec ar-
deur de jouir de la présence de
leurs

leurs souverains, qui jouissent des acclamations, sans cesse ré-pétées, de VIVENT NOS SOUVE-RAINS, NÉS POUR NOTRE BON-HEUR! Ces cris d'allégresses vont à leurs ames. Il n'y a point de mélodie comparable à celle-là, pour des princes dévoués à la félicité de leurs sujets qui les adorent.

Sur les sept heures, on servit un banquet : on ne voyait que la famille royale ; le roi, la reine des génies et leur fille ; mais tous les grands, régnicoles et étran-gers furent admis à l'honneur d'être dans la salle du festin.

Au jour tombant, plus de qua-tre cent mille personnes jouirent du spectacle ravissant d'une illumination à laquelle il n'est permis de rien comparer. Toute la ville fut richement illuminée, mais sur-tout le Palais Impérial et la magnifique place qui est au bout du jardin. Deux hôtels magnifiques en colonades d'or, et toutes brillantes de feu, le Temple des Lois resplandissant de lumières, les façades jaillissantes d'étincelles mêlées de couleurs diverses en regard du Temple de la Victoire, et l'arc de triomphe, le plus beau, le plus éclatant et le plus élevé qu'on eut jamais vu, offraient aux yeux éblouis un coup-d'œil, une féerie dont ou ne pouvait se lasser.

Dans une délicieuse promenade, à la suite de la place, promenade qu'on aurait pu prendre pour l'Elysée des ames heureuses, étaient disposés des orchestres pour faire danser, et des jeux et des amusemens de toutes espèces.

Une remarque que j'aurais dû faire plus tôt, c'est que la veille du jour dont je parle, et toute la matinée de ce même jour qui avaient été sombre et pluvieux, au moment où la fête commença, c'est-à-dire à l'instant où les souverains montèrent dans leur carosse, pour se rendre dans leur capitale, par un nouveau miracle ; car tout devait être miraculeux ce jour-là, les nuages se dissipèrent, et le soleil le plus radieux brilla toute la journée. Le soir fut parfaitement serein.

Ce qui donna un charme inouï à ce superbe jour, c'est le bon ordre et les sages précautions prises, afin qu'il n'arrivât aucun malheur qui pût troubler une si joyeuse fête. Cette vigilance, cette délicate humanité d'un ministre actif et prévoyant le recommande, et sa mémoire, à la reconnaissance de ses concitoyens. Plus d'un mois en avance, il veilla par lui-même à la sûreté publique.

Avant de coucher la mariée,

on tira un si magnifique feu d'artifice, que le bouquet seul, composé de deux millions de fusées étincelantes, représentait dans l'air le spectacle de toutes les pierres précieuses. Ces jets resplendissans semblaient le disputer aux feux du firmament, et même les éclipser. Ainsi se termina cette journée, qui n'avait jamais eue sa pareille, et qui n'en aura jamais.

On conduisit la princesse dans la chambre nuptiale : là, elle trouva beaucoup de génies et de fées qui lui offrirent des présens, lesquels consistaient, entre autres choses, en des étoffes de tous les pays, particulièrement

en schalls de Cachemire, en ta-
pis de Perse, en pierres gravées
sur les plus beaux onix ; trois
cents corbeilles en filigrammes
d'or, remplies de parures et
de bijoux, de coupes d'agates,
montées en or de couleurs, de
cristal de roche, de bonbons au
nectar ; des confitures sèches,
composées de fruits étrangers,
vraiment exquis. Les fées et les
génies ne se contentèrent point
d'offrir d'aussi riches bagatelles
à leur protégé, ils y joignirent
l'assurance d'une amitié éter-
nelle.

Un mois entier durèrent les
fêtes ; c'est-à-dire tant que les
fées et les génies demeurèrent à

la cour des nouveaux époux. On ne vit que festins, mariages, bals, spectacles divers, joûtes sur l'eau, qu'aréostats lumineux lancés dans les airs; que jeux de bagues, courses de chars, luttes, carrousels, tournois, distributions de prix, parures magnifiques; enfin que merveilles en tous genres. On ne se lassait pas de prendre du plaisir ; parce que le premier de ces plaisirs étoit dé voir ses souverains.

Ce fut à cette époque, fameuse dans les fastes de mémoire, qu'on vit renaître dans le beau royaume gouverné par le prince de L'ÉTOILE et la

reine E m i r a, la galanterie délicate; ce desir naturel aux hommes de plaire au beau sexe; le
ton modeste, le premier charme
des femmes. Les hommes repri-
rent le langage respectueux et
galant tout-à-la-fois. Le bon ton
s'était perdu lors des désastres
qu'il ne faut pas rappeler. On
avait soutenu de longues guerres. Enfin, à l'exemple de ses
souverains, chacun reprit goût
aux bonnes mœurs, et chaque
chevalier, certain des vertus de
sa dame, en défendit l'honneur,
même au risque de sa vie.

Les génies et les fées, en s'oc-
cupant du bonheur du prince de

L'Étoile et d'Emira , avaient presque oublié les intérêts du reste de l'univers. Ils s'apperçurent cependant qu'ils étaient rappelés ailleurs , et partirent.

La fée Reconnaissante , fille du roi des génies , voulant , à son tour, se distinguer, prit poliment par la main la mère du prince de L'Étoile, et l'ayant placée entre son fils et Emira , elle lui adressa ces paroles pleines de bonté : « Féli« cité , ne les quittez jamais ! « c'est à vous que je confie le « charme de leur existence ».

— Je puis bien peu pour eux, répond Félicité. Bonne fée ,

veuillez m'apprendre s'ils au-
ront des enfans ?.... — Ils en au-
ront. — J'aurai un fils ! repart
le roi ; quel bonheur ! — Mais,
dit à son tour EMIRA, sera-t-il
un héros, et vaudra-t-il son
père ? — On peut valoir beaucoup moins, répond la Fée, et
cependant valoir encore beaucoup : il régnera, il sera chéri,
en souvenir de son père, et pour
lui-même.

Ces mots à peine prononcés,
RECONNAISSANTE disparut au
milieu d'une vapeur blanche
comme du lait, et qui avait quelque ressemblance avec la voie
lactée. Cette vapeur laissa après

elle une suave odeur qui par-
fuma toute l'assemblée.

Mes enfans, il faut que vous
sachiez encore que tous les gou-
vernemens de l'univers avaient
envoyé des ambassadeurs extraordinaires au prince de L'É-
TOILE, pour le féliciter sur
son mariage. Lorsqu'ils prirent
congé pour retourner dans leurs
états respectifs, et faire le récit
de ce qu'ils avaient vu, un d'eux
qui portait la parole pour tous,
termina ainsi son discours :

— Sublime prince de L'É-
TOILE, roi des rois ; pénétrés de
respect, d'amour et d'admiration pour votre auguste per-

sonne, qu'il me soit permis de lui annoncer en avance ce qu'en commun nous avons arrêté. Chaque matin, tous les peuples de l'univers, en entrant dans les temples pour offrir leurs vœux aux immortels, répéteront cette prière : « VEUILLEZ, « FÉES ET GÉNIES, SOUVERAINS « ÉTERNELS ET PROTECTEURS « DU MONDE, QU'ALLIÉS FI- « DÈLES DE LA GRANDE NATION « ET DU GRAND ROI, NOUS N'EN « SOYONS JAMAIS LES ENNE- « MIS ! ».

EMIRA, entourée de tant de merveilles, sans cesse passait d'un enchantement à un autre;

son

son admiration et sa tendresse
pour le prince de l'Étoile
augmentaient chaque jour. Elle
était dans l'ivresse, au comble
du bonheur. Son affectueux regard toujours fixé sur lui, pei-
gnait tous les sentimens de son
ame tendre et reconnaissante.

Le conte ajoute qu'Emira fut
persuadée toute sa vie, ainsi
que bien d'autres encore, que
le roi son époux était un de ces
génies supérieurs, un de ces
sylphes qui ont, sous leur do-
mination particulière, une des
quatre parties du monde à régir;
tant le pouvoir du prince de
l'Étoile semblait grand, sur-

naturel et sans bornes, à la princesse EMIRA.....

— Eh bien, dirent ensemble
Anna, Auguste, Olivio, Thérésia et Achile, continuez donc,
ma bonne tante. — Le conte est
fini, mes enfans ; et n'est-il pas
tems que je me repose ? — A la
bonne heure, mais il est bien
contrariant, je vous assure, d'i-
gnorer ce que devint le surpre-
nant prince de L'ÉTOILE, et
l'intéressante EMIRA. — Si le
conte ne le dit pas, interrompt
Anna, moi, je trouve qu'il finit
mal. — Pas si mal, mes amis.
N'est-ce pas faire comprendre
aux lecteurs qui s'intéressent au

prince de L'ÉTOILE et à EMIRA, que le bonheur dont on les a vu jouir, ne cessa point pour eux et leurs sujets, tant qu'ils furent sur le trône ? Et puis, retenez bien, enfans, que

Le secret de tout dire est celui d'ennuyer.

F I N.